Tru... rela...ción

para chicas
estresadas

Título original: *Girl in a Funk*

Traducción: Roser Ruiz

1.ª edición: abril 2012

© 2007 by Orange Avenue Publishing LLC
© de las ilustraciones 2007 by Ali Douglass
© Ediciones B, S. A., 2012
  para el sello B de Blok
  Consell de Cent, 425-427 - 08009 Barcelona (España)
  www.edicionesb.com

Printed in Spain
ISBN: 978-84-939614-1-1
Depósito legal: B. 6.922-2012
Impreso por EGEDSA

Trucos de relajación

para chicas estresadas

Tanya Napier y Jen Kollmer
Ilustraciones de Ali Douglass

B DE BLOK

Barcelona • Madrid • Bogotá • Buenos Aires • Caracas
• México D.F. • Miami • Montevideo • Santiago de Chile

Un lunes como todos los lunes...

Has pasado la noche en blanco lidiando con una montaña de deberes, tu madre te está dando la vara con la ropa sucia o algo así, y es evidente que vas a llegar tarde a clase: lo que se dice un día de perros. No puedes evitar la sensación de que todo lo que hagas va a ser un puñetero desastre. En fin, que la vida es un asco.

Chica, no cabe duda: estás estresada.

Pero ¿qué significa eso exactamente? El estrés es la reacción de tu organismo ante las sorpresas o disgustos de la vida. Se debe a una serie de reacciones químicas que te hacen sentir cansada hasta la extenuación o con los nervios de punta..., unas sensaciones en absoluto agradables. ¿Has estado tan ansiosa por un examen que ni siquiera

podías concentrarte para estudiar? ¿O de tan mal humor que has soltado una fresca a cualquiera que se te pusiera por delante? Ira, frustración, tristeza, insomnio y falta de apetito (¡o glotonería descontrolada!) son síntomas relacionados con el estrés.

Pero tenemos buenas noticias para ti. Aunque no puedes evitar que tu profesor se muestre despiadado al comentar tu trabajo en clase ni que tu madre se ponga a gritar como una loca cuando encuentra una toalla mojada en el suelo, lo que sí puedes hacer es controlar tus reacciones y encontrar formas de atenuar el estrés. Desde la auto acupresión hasta la aromaterapia, pasando por trucos psicológicos, *Trucos de relajación para chicas estresadas* te proporcionará un buen número de sistemas rápidos y agradables para serenarte. Y para que entiendas mejor qué ocurre en tu mente y en tu cuerpo, te explicamos por qué dan resultado esos trucos.

Cuando sientas que la presión está llegando al límite, utiliza estos remedios para ponerle coto. Si te encuentras cansada, frustrada o totalmente letárgica, aquí encontrarás una ayudita.

Incluimos remedios rápidos

Zona
Chill
Out

¡Mí-
ma-
te!

y tratamientos de spa caseros

Trucos de relajación para chicas estresadas te enseñará a recuperar la serenidad y a sentirte centrada.

Cuenta atrás para la ira

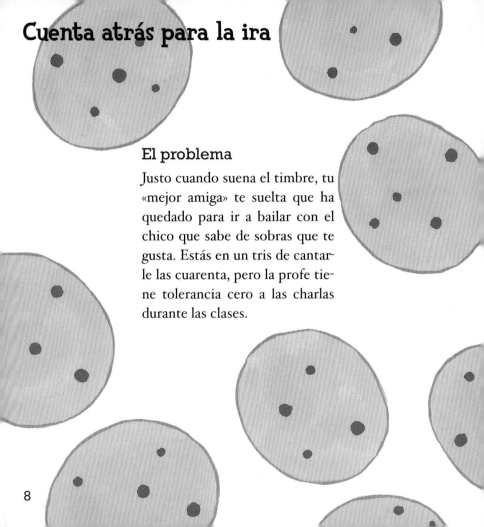

El problema

Justo cuando suena el timbre, tu «mejor amiga» te suelta que ha quedado para ir a bailar con el chico que sabe de sobras que te gusta. Estás en un tris de cantarle las cuarenta, pero la profe tiene tolerancia cero a las charlas durante las clases.

El remedio

Cuenta hasta diez antes de contestar, respirando hondo entre cada número. Si hay que descartar el tema de los suspiros, intenta decir mentalmente la frase «deliciosas galletas de chocolate» entre cada número: una deliciosa galleta de chocolate, dos deliciosas galletas de chocolate, etc.

Por qué da resultado

Al tomarte tiempo para pensar, podrás ubicarte antes de empezar a hablar. Cuando estás enfadada, es fácil decir cosas de las que luego te arrepientes. Contando hasta diez resulta más sencillo evitar estallidos no deseados.

Lágrimas benéficas

El problema

Mientras navegas por Internet una noche, intentando documentarte para ese endiablado trabajo, descubres que tu chico ha escrito en su blog que le gusta una compañera del grupo de teatro, anunciándolo a los cuatro vientos. Las lágrimas acuden a tus ojos.

El remedio

Adelante. Llora a gusto. Túmbate en la cama con una caja de Kleenex y da rienda suelta a las lágrimas. Incluso puedes potenciar el efecto «a moco tendido»: mira una película lacrimógena del tipo *Un paseo para recordar* o *Romeo y Julieta*.

Por qué da resultado

Según algunos estudios, muchas mujeres se sienten mejor después de haber llorado: el llanto es un buen alivio emocional. De hecho, algunos científicos afirman que las lágrimas contienen hormonas responsables del estrés, y al llorar las estamos eliminando de nuestro organismo. Imagina que por cada lágrima que viertes, un problema menos que te agobia. Una vez que hayas acabado con la negatividad que te colapsaba, podrás retomar el trabajo..., y empezar a buscar otro amor.

Desconéctate

¿Compruebas el e-mail cada cinco minutos? ¿Duermes con el móvil enchufado y encendido debajo de la almohada? Si la respuesta a estas preguntas es afirmativa, ha llegado el momento de que te desconectes.

Por una noche, declara tu habitación zona no tecnológica: nada de Internet, ni tele, ni móvil (lleva un botoncito para apagarlo, ¿recuerdas?). Dedícate a ese libro que llevas tiempo queriendo leer, o a ese proyecto creativo que tanto te apetecía empezar. Las constantes interrupciones tecnológicas y el exceso de información nos impiden centrarnos y nos enervan. Si por una noche prescindimos de ellos, podremos regresar a nuestro estado de calma natural.

13

No luches: escribe

El problema

¿Permiso para salir el sábado por la noche? Denegado. ¿El último examen de inglés? Un bodrio. ¿Las vacaciones de verano? Canceladas. ¿El humor? Por los suelos.

El remedio

A veces la mejor válvula de escape es escribir lo que te pasa. Coge papel y boli y dedica veinte minutos a plasmar la situación. No te preocupes por las faltas de ortografía, tú solo escribe lo que te pase por la cabeza. Sigue escribiendo durante veinte minutos, aunque tengas que repetir lo mismo varias veces hasta que se te ocurra algo más.

Por qué da resultado

Este método se conoce como «escritura automática», y es un buen sistema para liberar tensiones. Según algunos estudios, escribir acerca de sucesos que causan estrés puede suponer un alivio, ya que al plasmar los problemas sobre el papel se les da salida y dejan de ocupar toda nuestra mente.

La risa como terapia

El problema

Nadie te avisó de la placa de hielo que se había formado justo en la puerta del instituto, y claro, tenías que ser tú quien la pisara. Resbalón monumental. Y no falla: justo cuando más gente había. Aunque en realidad no te has hecho nada grave, las carcajadas de tus compañeros se oyen hasta en las antípodas, y tu amor propio te duele tanto como el trasero.

El remedio

Ríete con ellos. Antes de enfurecerte, date la oportunidad de ver lo cómico de la situación. Luego vuelve a reírte del asunto cuando le cuentes a tu mejor amiga la anécdota del Gran Batacazo.

Por qué da resultado

Al reírte no solo evitas la humillación (inmediatamente pasas a reírte con los demás, en lugar de ser objeto de burla), sino que además reduces el nivel de estrés y activas la segregación de sustancias naturales que te hacen sentir bien. Y seguro que vas a necesitar un poco de buen humor cuando te salga el morado en el pompis.

En remojo

¿Te sientes irritable? ¿No puedes dormir? Se impone el sistema clásico para reducir el estrés: un largo baño con agua bien calentita. Para que sea más efectivo, puedes prepararte un baño de manzanilla. Esta es la receta:

1. Pon en un cazo 4 vasos de agua y hierve 4 bolsitas de manzanilla, 5-7 ramitas de lavanda y 4 cucharadas de miel.

2. Deja reposar la mezcla durante unas horas.

3. Llena la bañera y añade 4 vasos de leche y la cocción de manzanilla (si han quedado residuos sólidos, cuélala).

4. A disfrutar del lujo.

Siestecilla reparadora

El problema

Hoy toca noche de cine con las chicas, pero la sesión de vóley de esta tarde te ha dejado para el arrastre. Apenas puedes mantener los ojos abiertos... ¿Cómo vas a aguantar toda la comedia romántica sin dormirte?

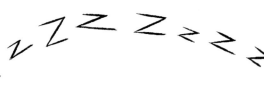

El remedio

Échate un sueñecito. En las grandes ciudades, como Nueva York o Tokio, la gente alquila *nap pods*, cabinas para echar la siesta, que no son nada baratas. A ti va a salirte gratis, solo tienes que descansar un rato en tu cama. Pon música relajante, la alarma para que suene al cabo de veinte minutos y que nadie te moleste.

Por qué da resultado

Según algunos estudios, veinte minutos de sueño por la tarde proporcionan más descanso que dormir veinte minutos más por la mañana (¡y tú que siempre pides un ratito más!). El truco está en que cuando duermes un rato corto, no llegas a entrar en la fase de sueño profundo, llamada REM, que es cuando se sueña. Así es más fácil despertarse y te levantas fresca como una rosa, no amodorrada.

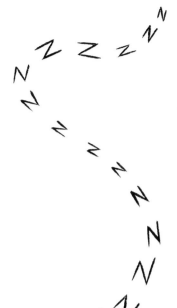

Acaba con los calambres

El problema

Tienes que entregar un trabajo muy importante. Has hecho un buen esquema, pero ¿cómo acabarás de redactarlo, si tienes las manos agarrotadas?

El remedio

Estos estiramientos devolverán la flexibilidad a tus dedos (y te relajarán los brazos y los hombros) para que puedas acabar de escribir ese último párrafo que te falta.

1. Flexiona y estira los dedos varias veces.

2. Extiende los brazos y cierra los puños. Flexiona las muñecas adelante y atrás cinco veces. Luego, haz girar los puños trazando círculos.

3. Aprieta los brazos contra los costados y luego relájalos. Repítelo tres veces.

4. Con los brazos en los costados, levanta los hombros y mantenlos en esa posición durante cinco segundos antes de relajarlos de nuevo. Repite la operación.

Por qué da resultado

Los estiramientos reactivan la circulación de la sangre en los dedos, brazos y hombros, y permiten relajar los músculos. Además, tomarte un descanso antes de meterte a fondo con la bibliografía es un buen sistema para conservar la cordura.

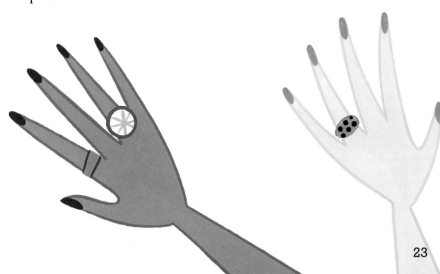

Cariño peludito

Existen buenos motivos para querer tanto a nuestras mascotas. Pasar un buen rato con *Fido* o *Boby* puede aportarte una gran calma. Según algunos estudios, cuidar de un animal —incluso contemplar un pez en un acuario— contribuye a reducir la presión sanguínea, incrementa las sustancias químicas responsables del bienestar y detiene la segregación de las hormonas que causan el estrés. La próxima vez que te sientas hecha un manojo de nervios, saca a pasear a *Rex* o dedica un rato a rascarle la tripilla a *Félix*. Si no tienes mascota, hazle mimitos al gato o el perro de tu mejor amiga, o visita una tienda de animales para acariciar algún bicho peludito. También puedes ir al zoo o al acuario y simplemente contemplar un rato a los peces.

Divide y vencerás

El problema

Ha sido el peor almuerzo de tu vida. Te has manchado de ketchup tu falda favorita, tu amiga se ha reído de ti y te has peleado con ella, y te has puesto tan nerviosa que se te han caído los deberes de mates en un charco de agua estancada. Ya no puedes más.

El remedio

Aunque todas estas cosas son un auténtico incordio, te resultará mucho más fácil superarlas si te enfrentas a ellas de una en una. Elige un problema —el que más te agobie, o el primero en el que hayas pensado— y concéntrate en él durante unos minutos hasta que encuentres la solución. Y luego pasa al siguiente.

Por qué da resultado

Decidir qué problema abordas primero es una forma de recordarte a ti misma que tienes el control. De esta forma podrás superar esa sensación de agobio e impotencia que te impedía pensar con claridad.

Ejercicio para cargar las pilas

El problema

Otra vez se te acumula la ropa sucia en el suelo de tu habitación. Sí, un asquete, pero es que estás tan hecha polvo que ni siquiera tienes fuerzas para levantarte de la cama.

El remedio

Cuando veas que te falta energía, haz un poco de ejercicio. Si te resulta difícil seguir un horario de deporte tú sola, queda con alguien. Apúntate a clases de aeróbic o a algún equipo deportivo.

Por qué da resultado

Aunque te parezca que al hacer deporte vas a sentirte más cansada (lo cual puede ocurrir si solo lo practicas una vez al año), si te entrenas con regularidad te sentirás con más energía. Además, está demostrado que las personas que practican algún deporte no solo se encuentran en mejor forma física, sino que también se sienten más felices y menos estresadas. Al hacer ejercicio disminuyen los niveles de cortisol, la hormona responsable del estrés, al tiempo que se estimula la producción de serotonina y endorfinas, que aumentan el bienestar. Además, unos cuantos músculos no estarán de más cuando te toque ordenar la habitación...

¡Mí-ma-te!

Un buen masaje

No hay nada como empezar los entrenamientos de balon-cesto. El amistoso clima de camaradería en el equipo, el soni-do de la pelota al botar en la cancha..., el dolor en los hombros al acabar el partido.

Si te sientes para el arrastre y te martirizan las agujetas, puedes combatirlas con un masaje natural. Para prepararlo, pela y ma-chaca un plátano y un aguacate bien maduros. Procura que la pasta quede lo más homogénea posible. Añade una gota de aceite esencial de eucalipto y mezcla bien. Cuando la pasta esté lista, extiende una toalla de playa, ponte la parte superior de un bikini y masajéate los hombros con la preparación.

Túmbate sobre la toalla y relájate durante un cuarto de hora antes de pasar por la ducha.

El aguacate y el plátano proporcionan una base cremosa, y el aceite de eucalipto reduce la inflamación y el dolor. Después de este tratamiento, muy pronto podrás volver a la cancha.

Fíngelo hasta que lo sientas

El problema

Cuando el año pasado tus padres te plantearon cambiarte de instituto, la idea te pareció perfecta: toda una aventura. Pero el primer día es un auténtico desastre. No encuentras tu clase y, cuando ves el mar de desconocidos en los pasillos, te entran ganas de esconderte debajo del pupitre.

El remedio

Aunque no tengas ganas, es el momento de ofrecer al mundo la mejor de tus sonrisas.

Por qué da resultado

El sistema «fíngelo hasta que lo sientas» es más que una forma de superar un momento conflictivo. Al sonreír no solo ofreces una apariencia simpática y amigable (algo de gran ayuda cuando eres una desconocida en tierra extraña), sino que te animas tú misma. Cuando sonríes, tu cerebro recibe una señal de calma. Y el cerebro, a su vez, manda otra señal a tus labios para que sigan sonriendo.

¡Rómpelo!

A veces es necesario estallar para recuperar la calma. La próxima vez que te sientas agobiada y necesites una forma rápida de liberar tensiones, intenta este truco.

Coge una hoja de papel y escribe tus miedos y preocupaciones. Expláyate tanto como quieras. Cuando ya lo hayas escrito todo, respira hondo y rompe el papel —y tus temores— en trocitos muy pequeños. ¿A que ya te sientes mejor?

Ordena tus preocupaciones

El problema

No tienes ni idea de qué ponerte para la fiesta de este sábado, ni qué hacer con tu pelo para la foto del anuario. Y mañana también tienes esa exposición oral de inglés, aunque de momento la única palabra que recuerdas en ese idioma es *panic*.

El remedio

Establece una escala del 1 al 10 —en la que el 1 corresponde a una molestia poco importante y el 10 a una verdadera catástrofe— y asigna un número a tus preocupaciones. Reflexiona antes de elegir el número. ¿Hasta qué punto es malo lo que te ocurre? ¿Qué es lo peor que puede pasar? ¿Antes eras capaz de manejar los problemas de este modo?

Por qué da resultado

El hecho de que al principio un problema te parezca merecedor de un 9 o un 10, no significa que sea una auténtica hecatombe. Cuando analices cada cuestión, descubrirás que la mayor parte de tu estrés cotidiano proviene de asuntos poco importantes que puedes solucionar fácilmente.

¡Mí-ma-te!

Por la cara

A la tercera vez que tus amigas te preguntan «¿Qué te pasa?», comprendes que tus infortunios se reflejan en tu expresión: estás poniendo mala cara.

Para relajar los músculos faciales y mejorar tu estado de ánimo, prueba este automasaje:

1. Sube y baja las cejas, hincha las mejillas, relaja la mandíbula.

2. Masajéate las orejas tirando suavemente de los lóbulos y frotándolos.

3. Termina con un suave movimiento de cuello:

cierra los ojos e inclina despacio la cabeza hacia delante. Lentamente haz rodar la cabeza a derecha e izquierda, sin movimientos bruscos.

4. Levanta la cabeza, abre los ojos y ya estarás lista para afrontar el resto del día. Y si te sientes incómoda poniendo caras raras en público, retírate a algún rincón discreto.

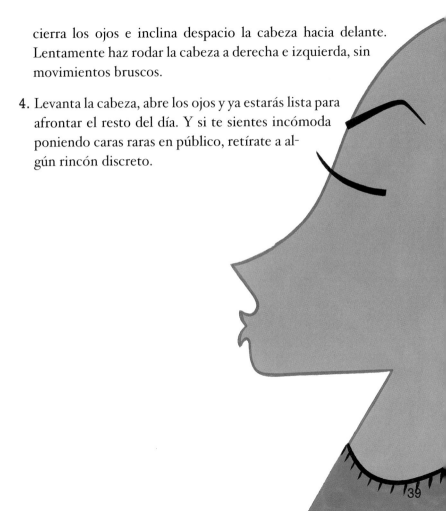

Contra el miedo escénico

El problema

Las buenas noticias: has conseguido tu primer papel en una obra de teatro. Las malas: no recuerdas ni una palabra de lo que debes decir y tienes miedo de arruinar tu primera aparición en público. Solo te quedan sesenta segundos para recuperarte antes de salir a las tablas.

El remedio

Usa tu mantra particular para concentrarte. Esto no solo te servirá para remediar el miedo escénico, sino también para superar cualquier situación estresante en la que debas recuperar el control.

Primero escoge una frase corta. Algunos mantras son religiosos o espirituales; otros son más terrenales. Elijas el que elijas, ha de ser simple y positivo. Aquí te damos algunos ejemplos:

«Todo va bien.»   «Ave María.»

«Adelante.»   «*Shalom*.»

«Om.»   «Alá.»

Una vez hayas pensado una palabra o frase que te guste, repítela mentalmente diez veces, concentrándote en ella. Si estás sola, incluso puedes susurrarla o pronunciar las palabras en voz alta.

Por qué da resultado

Al repetir un mantra te resultará más fácil concentrarte en algo positivo y que consideras importante, y tu mente podrá dejar de lado lo que te está estresando. Y lo mejor de todo es que los mantras son libres, y nadie tiene por qué saber que utilizas este recurso.

Cepillado antiestrés

El problema

Todas las noches la misma historia: te mueres de sueño y estás deseando pillar la camita, pero en cuanto te acuestas, la mente empieza a funcionar a mil por hora.

El remedio

Cambia de dentífrico. Antes de acostarte, utiliza una pasta de dientes calmante, de base herbal, en lugar de la habitual, que tiene un sabor súper fuerte.

Por qué da resultado

Si por la noche te cepillas los dientes con un dentífrico muy mentolado, es posible que el zinc que contiene el producto te mantenga despierta, en lugar de tener un efecto sedante, que es lo que tú querrías. La menta va muy bien para mantenerte alerta, pero eso es algo que no deseas cuando te vas a dormir. Los dentífricos de base herbal que contienen canela, hinojo o lavanda contribuyen a calmarte antes de acostarte.

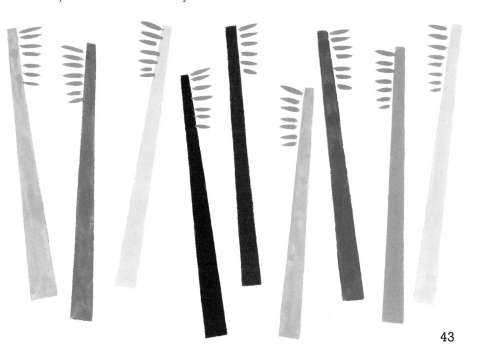

Practica yoga

El yoga es una tradición espiritual de la India. En parte consiste en practicar *asanas*, posturas que implican fuerza y elasticidad.

Por una parte, las posturas de yoga, como todas las formas de ejercicio, reducen los niveles de estrés. Pero los *asanas* también exigen concentración, con lo que se evita la dispersión mental.

Cada *asana* está recomendado para un estado emocional distinto: las flexiones hacia delante (tocándote los pies) ayudan a aliviar la ansiedad, mientras que las flexiones hacia atrás te permiten recargar energías cuando tienes un bajón. Lo mejor es practicarlo con un instructor cualificado. Puedes acudir a algún centro social, un gimnasio o una escuela especializada. Si no hay nada de eso por donde vives o andas escasa de fondos, puedes seguir un DVD o mirar vídeos de yoga por Internet.

Ilumina tu vida

El problema

En invierno, cada día vas al instituto antes de que haya amanecido y llegas a casa cuando ya es de noche. Hace siglos que apenas ves la luz del sol, y eso empieza a afectar tu estado de ánimo.

El remedio

Aprovecha los rayos del sol y la luz natural siempre que te sea posible. Por la mañana, lo primero que has de hacer es abrir las cortinas. Aunque solo veas un día gris o un débil amanecer, un poco de luz es mejor que nada. Aunque haga frío, sal a pasear un rato. Y cuando todo lo demás falle, imita a tu gato y disfruta de la única zona soleada de toda la casa.

Por qué da resultado

En otoño e invierno, la falta de luz natural hace que muchas personas se sientan más cansadas y abatidas. Cuando este tipo de alteración alcanza un grado más severo se le llama trastorno afectivo estacional. Los científicos aún no han descubierto qué cambios químicos llevan a este estado, pero todos coinciden en señalar que recibir una mayor cantidad de luz natural supone una rápida mejoría del estado de ánimo.

Recurre al agua

El problema

A pesar de que aún faltan muchas horas para que termine el día, estás hecha polvo. Aunque esta noche has dormido a pierna suelta, apenas te queda energía para aguantar las clases que quedan, por no hablar ya de las extraescolares y los deberes. Cuando notas que te pasa algo raro y te sientes hecha un trapo, a lo mejor es que no has bebido suficiente agua.

El remedio

Cada día has de tomar como mínimo entre seis y ocho vasos de agua para que tu cuerpo esté a pleno rendimiento. Si te parece algo imposible, recuerda que no tienes que tragar un litro de golpe. Bebe un vaso de agua durante las comidas y un par más entre horas. Para que te resulte más agradable, puedes añadir un sabor natural, como unas gotas de zumo de naranja o una rodaja de limón.

Por qué da resultado

Aquí va un dato espeluznante: la deshidratación puede secarte el cerebro. Además, todos los procesos químicos que se producen en tu organismo requieren agua. Durante un día normal se pierden diez vasos de agua.... y eso sin sudar la camiseta en el gimnasio. Es necesario que repongas todo ese líquido para mantenerte en la cresta de la ola.

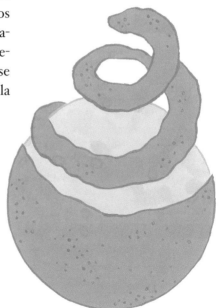

No te pases con el perfeccionismo

El problema

En el último entrenamiento de baloncesto terminaste las carreras en tercer lugar, aunque por lo general siempre eres la primera. Y cuando llegó el momento de tirar a canasta, no acertaste ni una. ¿Por qué vas a molestarte en jugar esta noche, si ya sabes que no darás ni una?

El remedio

Si el perfeccionismo llega a impedirte actuar, céntrate en sentirte orgullosa por lo que has logrado, en lugar de obsesionarte por lo que podrías haber hecho mejor. Recuerda que la excelencia se alcanza a base de mucha práctica y pequeños logros, no de golpe y porrazo. Cuando notes que empiezas a repetirte que deberías haber hecho cinco canastas en lugar de cuatro, procura verlo por el lado positivo y piensa que ocho puntos no son moco de pavo.

Por qué da resultado

Cuando te obligas a ti misma a ser la mejor, ten en cuenta que el pensamiento positivo te llevará al éxito mucho más rápidamente que las críticas negativas. Además, si tiras la toalla porque no consigues hacer algo a la perfección, nunca conseguirás tus objetivos.

Fuera tensiones

¿Tienes la mandíbula tensa por culpa del estrés? Prueba estos ejercicios de relajación para dejar de apretar los dientes:

1. Con la punta del índice de ambas manos, presiona la articulación de la mandíbula, justo al lado de la oreja.

2. Aprieta fuerte los dientes y respira hondo por la nariz.

3. Cuenta hasta tres y exhala diciendo «Ahhhhhh», al tiempo que dejas de apretar los dientes.

4. Repítelo cinco veces.

Al tensar y aflojar un músculo, este se relaja: justo lo que tus mandíbulas necesitan cuando el estrés hace presa en ellas.

Examínate sin miedo

El problema

El examen final de química está a la vuelta de la esquina. Por más que intentas estudiar, esta asignatura se te ha atragantado. No puedes ni pensar qué pasará si cateas, pero mucho te temes que eso es precisamente lo que acabará ocurriendo.

El remedio

Para aprobar, lo primero que has de hacer es convencerte de que tú puedes. Para superar tus miedos, la visualización puede serte muy útil. Intenta esto:

1. Siéntate a una mesa con una hoja de papel delante.

2. Cierra los ojos e imagínate que estás en la clase donde vas a hacer el examen.

3. Piensa en la profesora repartiendo los exámenes y dándote uno a ti.

4. Respira hondo e imagina que empiezas la prueba. Figúrate el aspecto que tendrá la hoja de las preguntas.

5. Visualízate a ti misma contestando con seguridad.

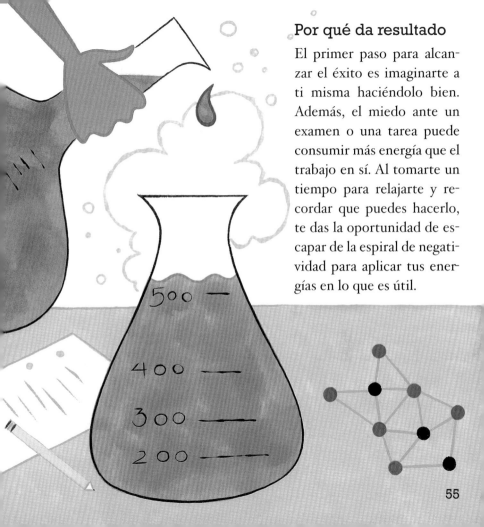

Por qué da resultado

El primer paso para alcanzar el éxito es imaginarte a ti misma haciéndolo bien. Además, el miedo ante un examen o una tarea puede consumir más energía que el trabajo en sí. Al tomarte un tiempo para relajarte y recordar que puedes hacerlo, te das la oportunidad de escapar de la espiral de negatividad para aplicar tus energías en lo que es útil.

Música para estudiar

El problema

Tu hermano tiene la tele a toda pastilla en la habitación de al lado. ¡Así no hay forma de concentrarse para estudiar!

El remedio

Recurre a tu infalible MP3 o a tu reproductor de CD para anular los ruidos molestos. Para algunas, eso significará estudiar al ritmo de una música más o menos rápida. Las que no pueden concentrarse con música pueden combatir la contaminación acústica del cuarto de al lado escuchando el sonido de las olas, o poniéndose ruido blanco en los auriculares.

Por qué da resultado

Algunos estudios recientes han analizado la reacción del cerebro y del cuerpo ante diferentes tipos de sonido. En algunas personas, los ritmos fuertes pueden estimular las ondas cerebrales. Como consecuencia, los tempos más rápidos en ocasiones ayudan a mejorar la concentración y estimulan el pensamiento. Las melodías lentas y sosegadas pueden influir de diferentes maneras: reducen el ritmo cardíaco, elevan las endorfinas y disminuyen las hormonas del estrés. Y en el caso de las que trabajan mejor en silencio, la música proporciona un breve descanso calmante y reparador.

¡Mí-ma-te!

A todo vapor

Cuando andas sobrecargada de trabajo, es importante tomarte un descanso para revitalizarte. Un baño de vapor facial es una buena manera de empezar. Necesitarás una toalla de baño, un cuenco grande resistente al calor (de cristal o cerámica, no de plástico), y aceite de lavanda o lavanda seca. Sigue estas instrucciones.

1. Coloca el cuenco en la mesa de la cocina y llénalo hasta la mitad con agua hirviendo. (Cuidado: si te quemas, adiós al relax.)

2. Añade de 5 a 7 gotas de aceite de lavanda o un puñado de lavanda seca.

3. Cúbrete la cabeza con la toalla e inclínate sobre el cuenco, respirando lentamente mientras el vapor te envuelve la cara.

4. Sigue así durante 8-10 minutos. Si tienes demasiado calor, levanta un poco una punta de la toalla para que entre un poco de aire frío.

Además de proporcionarte el sosiego de la aromaterapia, el baño de vapor facial obra maravillas en el cutis al abrir y limpiar los poros.

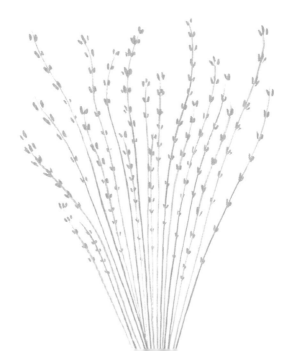

Despierta del letargo

El problema

Tus padres se pasan el día diciéndote que eres demasiado joven para estar cansada, pero tú sabes la verdad. Entre las clases, el deporte y el trabajo a tiempo parcial, te sientes completamente agotada. ¿La cena está lista? ¿Eso significa que tendrás que levantarte e ir al comedor?

El remedio

Cuando te falte energía y solo te sientas capaz de vegetar, ha llegado el momento de jugar un rato. Ya no eres una niña, pero eso no significa que hayas de trabajar día y noche. Conecta con tu Rembrandt interior y dedícate a pintar o dibujar. Desafía a tu colega a una sesión de Scrabble sin cuartel. O atrévete con un puzzle o un Sudoku.

Por qué da resultado

Los juegos y los puzzles estimulan la mente y proporcionan energía. Además, te distraen de tus preocupaciones cotidianas. Después de un buen rato de juego, te sentirás como nueva y serás capaz de enfrentarte a tus obligaciones con más fuerza y aplomo.

61

Guerra a la rabia

El problema

Los cánones sociales dictan que las chicas no han de luchar, pero tú has tenido un día infernal, y si no machacas algo —o a alguien— en los próximos cinco minutos, al final acabarás explotando.

El remedio

No la tomes contigo misma..., ni con tu hermano pequeño. En lugar de eso, da salida a tu ansiedad en una clase de artes marciales como *kickboxing* o judo. Si eso no te resulta posible, recurre a algún vídeo sobre el tema. Puedes escoger entre cientos de DVD y convertir tu habitación o el salón en una sala de entrenamiento en cuestión de segundos. Pero ¡ojito con la lámpara cuando practiques!

Por qué da resultado

Algunas artes marciales constituyen un ejercicio de alta intensidad que ofrece una magnífica válvula de escape para la ira y otras emociones negativas. No solo se centran en la disciplina mental y en la forma física, sino que también requieren una gran concentración, con lo cual te obligan a olvidar los problemas al menos por un momento.

63

Relax zen

La meditación budista se basa en la idea de concentrarse en la respiración. Cuando a tu alrededor todo es un caos, tu respiración puede ser lo único que se mantenga constante. En los momentos de ansiedad cierra los ojos y respira lenta y profundamente varias veces. Céntrate en la inspiración y la espiración, procurando no pensar en nada más que en tu aliento. También puedes focalizar tus pensamientos en los latidos del corazón. Al tener un punto de atención único y constante no tardarás en comprobar que la mente se tranquiliza y se centra.

Orden contra el agobio

El problema

El martes has de entregar un trabajo sobre Japón, el jueves tienes un examen de educación física, el miércoles has de exponer el proyecto de ciencias... ¿O era el trabajo de Japón para el miércoles? Y, por cierto, ¿alguien sabe qué día es hoy?

El remedio

Haz una lista. Puede parecer una tontería, pero de verdad que da resultado. Escribe todo lo que tienes que hacer y para cuándo lo necesitas, por importante o insignificante que sea. Cuando hayas hecho la lista, mira las tareas menores que puedas llevar a cabo enseguida, termínalas y táchalas de la lista. (¡Toma!) Luego comprueba cuáles de las que quedan son más urgentes y cuáles pueden esperar. Al reducir el número de asuntos pendientes, el agobio será cada vez menor.

Por qué da resultado

Sobre el papel, las cosas parecen más manejables. Al poner por escrito tus tareas, verás bien clarito todo lo que tienes que hacer..., y podrás ponerte manos a la obra. Al comprobar la lista verás en qué fase estás y qué punto es prioritario.

Reduce la cafeína

El problema

Los exámenes finales ya están aquí. Qué tentación: tomar otro refresco de cola mientras empollas los verbos irregulares de inglés.

El remedio

Una taza de té o café, o un refresco de vez en cuando no hacen mal a nadie, pero cuidado con un consumo excesivo. Los médicos aconsejan no superar los 100 mg de cafeína diarios, lo que equivale a dos latas de refresco de cola.

Por qué da resultado

La cafeína puede parecer un buen remedio para una noche de insomnio, pero después del subidón inicial de energía (que proviene de una corta descarga de adrenalina) también obtendrás una cantidad extra de hormonas responsables del estrés, que te provocarán temblores. Y cuando la adrenalina vuelva a sus niveles normales, te sentirás aún más cansada que antes. ¿No era eso lo que querías evitar? Controla lo que bebes y mantendrás a raya esos temblores.

Acupresión

Tal vez no sepas qué es la acupresión: se trata de una antiquísima técnica oriental, aún usada en la actualidad, que parte de la idea de que al ejercer presión sobre determinados puntos del cuerpo, se estimulan otras zonas que se hallan en el mismo meridiano, o canal de energía. ¿Por qué no lo pruebas? Solo necesitas veinte minutos de tu tiempo y dos pelotas de tenis.

Pon las dos pelotas en un calcetín y haz un nudo en el extremo. Luego túmbate de espaldas y apoya la nuca en el calcetín de forma que las pelotas presionen la base del cráneo.

El punto donde el cráneo se une a la columna vertebral —la cresta occipital— tiene dos puntos de acupresión que, según esta técnica, permiten la relajación de todo el organismo. Al descansar durante veinte minutos sobre las pelotas de tenis sentirás que se alivia la tensión del cuello y que el cuerpo recupera el bienestar.

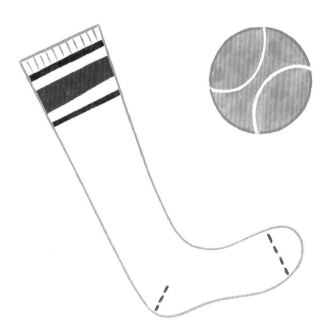

Alivio ocular

El problema

Domingo por la tarde y llueve: para matar las horas de aburrimiento, nada mejor que chatear con las amigas. Pero ahora ves borroso y tienes deberes para mañana.

El remedio

Te proponemos unos ejercicios:

1. Apártate de la pantalla del ordenador, siéntate con la espalda recta y cierra los ojos. Apoya la palma de las manos sobre los párpados y disfruta del calor y la oscuridad.

2. Retira las manos y parpadea varias veces, hasta que se humedezcan bien los ojos.

3. Fíjate en algo que esté a cierta distancia y cuenta hasta veinticinco. Mantén la mirada sin cerrar los ojos y luego parpadea varias veces.

4. Fíjate en algo que esté cerca y cuenta hasta quince. Mantén la mirada sin cerrar los ojos y luego parpadea varias veces.

5. Con la cabeza erguida, espira al tiempo que vuelves los ojos hacia arriba. Mantenlos en esa posición unos segundos y vuélvelos al centro mientras inspiras. Repite el proceso para cada dirección:

- Abajo
- Derecha
- Izquierda
- Ángulo superior derecho
- Ángulo superior izquierdo
- Ángulo inferior derecho
- Ángulo inferior izquierdo

Por qué da resultado

Los músculos de los ojos no son distintos de los del resto del cuerpo: mirar fijamente la pantalla durante horas es como levantar pesas sin descanso. Al enfocar la vista en diferentes distancias y mirar en distintas direcciones permites que los músculos oculares se relajen antes de volver al ordenador.

Baile anti-tensión

El problema

Llevas toda la semana metida a fondo en ese trabajo sobre Confucio. Ahora todo te suena a chino y te sientes para el arrastre.

El remedio

Pon música y ¡a bailar! Si lo que te va es más bien algo más estructurado, encontrarás clases para todos los tipos de danza, desde ballet hasta *hip-hop* o *hula*.

Por qué da resultado

Al concentrarte en el baile, ya sea de por libre o en una clase dirigida, estás llevando a cabo una especie de meditación en movimiento, y tu mente puede descansar. Una buena sesión puede devolverte la calma propia de la sabiduría oriental.

Cuestión de olfato

Para conseguir una buena relajación, prueba con la aroma-terapia. No será necesario que vayas a un spa. Solo tienes que poner un poquito de sal de roca o sal marina en un recipiente pequeño o en una bolsita de plástico. Añade un par de gotas de aceite esencial a la sal. Los aceites calmantes más habituales se encuentran en la mayoría de herbolarios: manzanilla, rosa, lavanda, limón, azahar o citronela. Cuando te sientas nerviosa, inspira a fondo. Los herboristas aseguran que el aroma de los aceites esenciales estimula la zona cerebral responsable del control de las emociones y de la memoria, que es la más afectada cuando se incrementa el nivel de estrés. ¡Ahhh!

A pierna suelta

El problema

Ya has intentado contar ovejas, y cuando esto ha fallado, hasta cabras y cerditos han desfilado por tu mente. Ya solo faltan tres horas para levantarte y tú sin pegar ojo.

El remedio

Necesitas un ritual de sueño: una serie de acciones que repetirás cada noche antes de acostarte. Intenta tomar una infusión (que no contenga teína), baja la intensidad de las luces y medita o lee algo ligero durante un cuarto de hora. (Nada de mirar la tele o navegar por Internet: eso solo te mantendrá despierta.) Pon en práctica esta rutina todas las noches.

Por qué da resultado

Tu cuerpo reacciona a las señales de que es hora de calmarse y dormir. Muchas personas empiezan a sentir somnolencia cuando están a oscuras, pero si este no es tu caso, puedes enseñar a tu cuerpo a responder a otras señales al repetir estas actividades calmantes antes de acostarte. En poco tiempo tu cuerpo habrá asociado estas rutinas con el sueño.

Dulces sueños con una infusión

El problema

Casi nunca tienes problemas de insomnio, pero si haces ejercicio demasiado tarde, o si tomas demasiado refresco de cola, a veces te desvelas y no puedes dormir.

El remedio

Dormir es importante. Puedes calmar tu sistema nervioso sobreexcitado tomando una infusión de manzanilla. Es muy fácil: solo tienes que sumergir una bolsita de hierbas en agua hirviendo durante diez minutos, sentarte y disfrutar.

Por qué da resultado

Según muchos especialistas, la manzanilla —una flor de aspecto similar a la margarita pero de sabor muy distinto— actúa en la misma zona del cerebro que los ansiolíticos, relajando tu mente y preparándote para el sueño. También alivia los trastornos digestivos, muy frecuentes en épocas de especial nerviosismo.

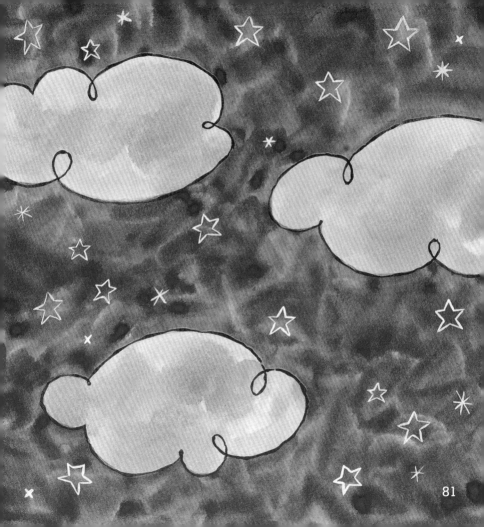

Entre hilos

Las labores de punto y ganchillo no son solo cosas de abuelitas. Si andas buscando una forma divertida de relajarte, dale una oportunidad a la media y el croché. Puedes unirte a algún grupo (son cada vez más numerosos) o confeccionar tus propios proyectos. Al tejer, los movimientos repetitivos te permiten focalizar la mente en una sola acción, con lo que se obtiene el mismo resultado que con la meditación. Y como ventaja adicional, esta forma de meditación te proporciona bufandas y jerséis nuevos.

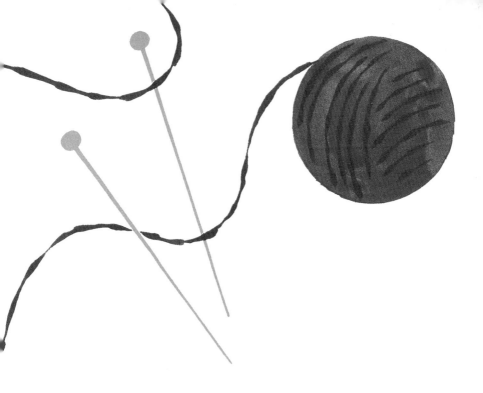

A pleno pulmón

El problema

¿Demasiado furiosa para pensar con claridad? ¿Te sube la presión sanguínea y de pronto te sientes mareada y confusa? Tal vez no estás respirando bien.

El remedio

Puedes empezar a calmar tu enfado recuperando una respiración normal. Intenta esto:

1. Apoya una mano en el abdomen, justo por debajo del ombligo.

2. Inspira despacio por la nariz y observa el movimiento de tu mano a medida que se expande el abdomen.

3. Contén el aliento y cuenta hasta tres.

4. Expele el aire por la boca.

5. Repite los pasos del 1 al 4 varias veces.

Por qué da resultado

Cuando estás nerviosa, la respiración se vuelve superficial y no proporciona suficiente oxígeno al organismo, lo cual a su vez revierte en un incremento del estrés. Al respirar profundamente, aportarás más oxígeno al cuerpo y te sentirás más serena y centrada.

Aprende a decir no

El problema

Harías cualquier cosa por tus amigos. Y ellos lo saben. Por eso siempre estás haciendo, literalmente, todo lo que te piden. ¿Cómo vas a trazar una línea que marque el límite?

El remedio

Tienes que aprender a establecer prioridades y a decir no. Se trata de una habilidad decisiva, sobre todo cuando ves que ya no puedes más. Antes de aceptar una nueva responsabilidad, formúlate estas preguntas:

- ¿Esto tengo que hacerlo yo, o puede ocuparse otra persona?

- ¿Realmente es preciso hacerlo?

- ¿Qué es lo peor que puede pasar si no lo hago?

- Luego, compara la urgencia de esta tarea con algo que de lo que también debas ocuparte. Si solo puedes asumir una de las dos cosas, ¿cuál es más importante?

Por qué da resultado

Si permites que tiren de ti en cincuenta direcciones distintas, puedes sentir que pierdes el control de la situación. Y en esas circunstancias, el nivel de estrés puede aumentar de forma alarmante. Para mantener el control, establece prioridades y síguelas. Ten presente que al negarte a hacer algo no estás siendo egoísta: se trata simplemente de mantener la cordura.

¡Mí-ma-te!

Al bienestar por los pies

Te has pasado el día pateando las calles buscando un trabajo para el verano y ahora tienes los pies destrozados y los nervios de punta. Soluciona ambos problemas con este tratamiento:

1. En un cuenco pequeño, pon dos cucharadas de sal común, dos cucharadas de aceite de oliva y otras dos de jabón líquido. Mézclalo todo bien para preparar un exfoliante.

2. Llena un barreño con agua caliente y añade dos o tres gotas de aceite de eucalipto o de menta.

3. Sumerge los pies en el agua caliente y mientras tanto añade un poco de agua a la mezcla exfoliante para que se forme espuma.

4. Saca los pies del barreño y date un masaje con la mezcla que has preparado. Deja que actúe durante un par de minutos antes de volver a sumergir los pies.

5. Déjalos en remojo durante unos minutos y enjuágalos. Tus pies —y tu mente— estarán listos para pasar de nuevo a la acción.

Un alivio refrescante

El problema

Tus padres han vuelto a la carga..., por enésima vez. Tu madre se pasa el día gritándote, y a estas alturas ni siquiera sabes por qué. Lo que sí sabes es que tienes la cabeza como un bombo.

El remedio

Los dolores de cabeza son un fastidio, pero tienen remedio. El más común es tomar algún medicamento analgésico, pero ¿no te apetece probar algo más natural? La menta es mano de santo para los dolores de cabeza producidos por el estrés. Solo tienes que aplicarte una gotita de aceite de menta en la frente y las sienes, luego respira hondo y deja que actúe.

Por qué da resultado

La menta mejora la circulación sanguínea en la zona donde la aplicas y su intenso aroma te ayudará a alejar esos pensamientos que te han producido la jaqueca.

Remedios vegetales

El problema

Últimamente te ha pasado de todo. Hasta tu mejor amigo de cuatro patas ha recibido algunos improperios por tu parte.

El remedio

Tu dieta cuenta mucho. Si te sientes al borde del estallido por cualquier nimiedad, es posible que andes escasa de los nutrientes que ayudan a combatir el estrés. Hay que consumir cinco porciones de fruta y verduras todos los días. Según las autoridades sanitarias, una porción equivale a medio vaso (100 g), algo así como una manzana pequeña, dos ciruelas o medio vaso de menestra de verduras.

Por qué da resultado

El equilibrio químico de tu cuerpo depende de lo que comas. Para producir serotonina —una sustancia que proporciona bienestar— el cerebro necesita un aporte constante de nutrientes como la vitamina B6, que se encuentra en las patatas, los plátanos y los garbanzos. El ácido fólico, así como las vitaminas B3 y B12, contribuyen a controlar el estrés. Encontrarás estos nutrientes en las verduras de hoja verde, los frutos secos, el pescado y los cereales. Evita la cafeína y el exceso de azúcar que causan estrés.

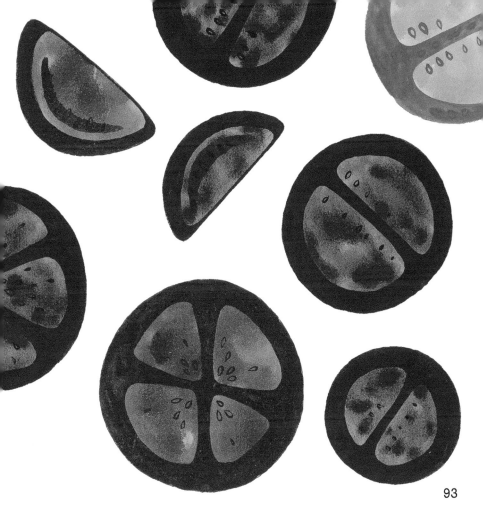

Inclínate y descansa

El problema

Los exámenes parciales, la falta de sensibilidad de los chicos, esos profesores de pesadilla... A veces te gustaría encogerte y perderte de vista.

El remedio

Afortunadamente, los antiguos yoguis tenían la respuesta. Una postura básica de yoga, la Postura del Niño (o Balasana, en sánscrito), es una posición encogida que te permitirá recuperar la calma. Sigue estos pasos:

1. Arrodíllate en el suelo, con las rodillas algo separadas de forma que queden alineadas con las caderas.

2. Junta los pies y siéntate sobre los talones.

3. Inclínate adelante, estirando la espalda a medida que bajes la cabeza. Puedes extender los brazos al frente, con las palmas hacia abajo, o dejarlos a los costados, con las palmas hacia arriba.

4. Mantén la postura durante al menos treinta segundos, o durante unos pocos minutos si te apetece, concentrándote en la respiración.

Por qué da resultado

Con esta postura se estiran suavemente las caderas, la espalda y los tobillos. Al mantener la frente en contacto con el suelo ejerciendo una pequeña fuerza, tu mente podrá recuperar la calma y relajarse.

Sobre las autoras

 **Tanya Napier** es una escritora, diseñadora y directora de arte cuyos trabajos se han publicado en Boston, Nueva York y San Francisco. También es autora y diseñadora de *The Totally TEA-riffic Tea Party Book*. Se crio en Inglaterra, se licenció en la Universidad de Brown y actualmente reside en San Francisco.

 **Jen Kollmer** vive en San Francisco, donde trabaja como redactora independiente y cineasta. También ha sido diseñadora. Sus piezas dramáticas se han publicado en el *Fourteen Hills* y se han representado en el Kennedy Center y en el Marin Head. Es coautora del libro *Trucos de belleza para chicas con prisa*.

 **Ali Douglas** es ilustradora *freelance*. Su trabajo ha aparecido en campañas de publicidad, tarjetas postales y diseños textiles, además de en publicaciones como el *New York Times*, *YM* y *Seventeen*. Vive en San Francisco.